U0092599

截句選讀二

卡夫　編著

截句
●
是接住瞬間生發的詩念成詩

4 行詩

聚焦

人生點滴

的——感悟

延伸

詩人

無窮盡的

詩想

【截句詩系第二輯總序】
「截句」

李瑞騰

　　上世紀的八十年代之初，我曾經寫過一本《水晶簾捲──絕句精華賞析》，挑選的絕句有七十餘首，注釋加賞析，前面並有一篇導言〈四行的內心世界〉，談絕句的基本構成：形象性、音樂性、意象性；論其四行的內心世界：感性的美之觀照、知性的批評行為。

　　三十餘年後，讀著臺灣詩學季刊社力推的「截句」，不免想起昔日閱讀和注析絕句的往事；重讀那篇導言，覺得二者在詩藝內涵上實有相通之處。但今之「截句」，非古之「截句」（截律之半），而是用其名的一種現代新文類。

　　探討「截句」作為一種文類的名與實，是很有意思的。首先，就其生成而言，「截句」從一首較長的詩中截取數句，通常是四行以內；後來詩人創作「截句」，寫成四行以內，其表現美學正如古之絕句。這等於說，今之「截句」有二種：一是「截」的，二是創作的。但不管如何，二者的篇幅皆短小，即四行以內，句絕而意不絕。

　　說來也是一件大事，去年臺灣詩學季刊社總共出版了13本個人截句詩集，並有一本新加坡卡夫的《截句選讀》、一本白靈編的《臺灣詩學截句選300首》；今年也將出版23本，有幾本華文地區的截句選，如《新華截句選》、《馬華截句選》、《菲華截句選》、《越華截句選》、《緬華截句選》等，另外有卡夫的《截句選讀二》、香港青年學者余境熹的《截竹為筒作笛吹：截句詩「誤讀」》、白靈又編了《魚跳：2018臉書截句300首》等，截句影響的版圖比前一年又拓展了不少。

　　同時，我們將在今年年底與東吳大學中文系合辦

「現代截句詩學研討會」，深化此一文類。如同古之絕句，截句語近而情遙，極適合今天的網路新媒體，我們相信會有更多人投身到這個園地來耕耘。

【序】
卡夫《截句選讀二》

劉正偉

　　新加坡詩人卡夫愛詩，卡夫也愛台，他不是說說而已，他以行動熱情發聲，時常來台灣參與各項詩學活動。他在教學之餘，時時關心台灣詩壇的發展，更以實際行動加入野薑花、吹鼓吹、乾坤、台客等詩社，給予實質的支持。

　　卡夫繼前年（2017）出版《卡夫截句》與《截句選讀》、去年推出《新華截句選》，今年他又將在台灣出版《截句選讀二》，他對詩的追求，對台灣的熱忱、情誼與努力，有目共睹。因此，他也是忙碌的，忙碌中他仍堅持每年至少要到台灣一趟，為詩也好、行旅也好。

　　關於截句的論述甚多，2018年12月8日在台北，由東吳大學和台灣詩學季刊社聯合主辦的「現代截句詩學研討會」，有來自大陸的截句倡言者蔣一談和台灣學者、新加坡卡夫等詩人評論家參與，試圖為截句詩做一次戰果的清理與驗證。還有繼前一年後，第二波23本截句詩的出版助陣，聲勢驚人。

　　筆者在2012年開始推動「新詩絕句」四行詩運動，出版《新詩絕句100首》；在2015年1月起在《華文現代詩》第五期開闢《新詩絕句》專輯，持續推動小詩運動，迄今不輟。惟大概多是一己之力，像台灣詩學、吹鼓吹論壇，甚至聯合《聯合副刊》數度舉辦截句詩徵選，如此全社傾心費勁的鼓吹、推動這類創作活動，實屬難得。

　　《截句選讀二》依序主要選讀：白靈、季閒、余境熹、吳慶福、周忍星、林煥彰、若爾‧諾爾、無花、卡夫、葉莎、漫漁、劉正偉、賴文誠、龍妍、靈歌、蕭蕭等，這幾年熱衷短詩或截句詩創作的部分詩人之詩作評文或賞析，在17篇文章評析中，選讀19位

詩人的34首作品。

　　卡夫《截句選讀二》多屬輕批評，輕薄短小，或如「截句」般。亦有引經據典如〈字的「棒喝」──讀白靈〈字的尖叫〉〉中說：「我認為靈感有三大特點：第一就是它出現時的『不由自主』性。第二就是它出現的『偶然』性。第三就是它出現的『剎那』性。」用白靈的詩，清楚印證、說明了靈感與創作的關係。

　　截句或四行詩雖短，然並非可以輕易打發的。例如筆者曾就卞之琳的四行詩〈斷章〉，用修辭學與新批評的方法，寫一評析刊載《野薑花》詩刊第17期，就用了三千多字的篇幅。卡夫評析選讀也有許多可觀之處，例如選讀龍妍〈回憶的餌〉：

　　　　我將時間捲成軸

　　　　綁起所有的問號垂釣

　　　　上勾的回憶

　　　　沒有想你的餌

　　卡夫分析詩中通過一個個「問號」串起來的時間軸，他也點出問號的形象，就像一個鉤。詩是契合主題的，也顯露言外之意，雖然字面意義說的是「沒有想你」，請你不要對號入座，也不要自作多情。卡夫在最後也指出：「為什麼龍妍要在詩中此地無銀三百兩地說：『上勾的回憶／沒有想你的餌』。」沒有餌，回憶卻自動上鉤，道出作者「在無意間流露出自己的矛盾心態。」言明那想念溢於言表。

　　創作需創新，追求陌生化、使人驚艷，詩評亦如是。不只是印象式批評或解讀作品，也需產生新的意義或不同的解讀面向。我們共同的好友香港詩人余境熹，常常用「誤讀」即解構主義的方式，從古今中外各個面向去解構作品，常常有意想不到的觀點、收穫。

　　恭喜卡夫新著出版，期待未來他的詩評越來越豐富、多元、精彩；詩作越來越好。羅蘭・巴特說：「作者之死」，或許也可說「評者之死」，詩與評，都需要讀者一評再評，讓好詩好評被發現、被欣賞，好的傳統文化，才可以「文以代變」的繼續流傳下去。

目 次

白靈（2016）

字的「棒喝」
──讀白靈〈字的尖叫〉

　　白靈（1951年－）喜歡以截句的方式，具體的文字意象，深入淺出地討論詩的創作問題。[1]蕭蕭（1947年－）也曾指出，《白靈截句》書中有一首〈截句的原因〉，可以視為白靈「以截句論截句」的「截句」內在需求，「截句」是詩，「截句」的要求不止於外在的四行形式。[2]

　　截句規定只能寫四行，這看似先天的限制，反而成為他這類型截句的特色。

---

[1]　〈為什麼要寫截句──讀白靈「截句的原因」〉見卡夫編著，《截句選讀》（台北秀威資訊科技股份公司，2017年12月），頁29。

[2]　蕭蕭，〈七首截句所浮現的新詩伏流〉見《現代截句詩學研討會會議論文2018年12月8日》，頁5。

　　試以他這首〈字的尖叫〉（修訂稿）[3]為例，他只用四行，就清楚地說明了靈感與創作的關係。原詩如下：

　　　　居無定所，字在漂流
　　　　通過夜的眼瞼時
　　　　被睡夢中我的睫毛夾住了

　　　　數聲尖叫，不明究竟，就詩了

　　綜合古人的說法，靈感有三大特點；第一就是它出現時的「不由自主」性。在文學創作的過程中，詩人未必能掌握它來去的規律，它的出現與否，絕對不是人力所能控制的。西晉陸機（261年－303年）在

3　白靈這首詩是他〈文字的尖叫聲〉的修訂版。原詩是這樣的：
　　　　每個文字都是漂流木
　　　　遭歲月流放，通過眼瞼時
　　　　被睡夢中我的睫毛夾住了
　　　　但聽得數聲尖叫，就詩了

〈文賦〉中便指出應感之會是「來不可遏，去不可止，藏若景滅，行猶響起。」[4]謝靈運（385年－433年）在〈歸途賦序〉中也說：「事出於外，興不由己。」[5]清末民初的梁啟超（1873年－1929年）在〈煙士彼里純〉中也認為：「煙士彼里純之來也如風，人不能捕之，其生也如雲，人不能攫之。」[6]

第二就是它出現的「偶然」性。大多數時候，詩人與靈感是不期而遇的，它是突然發生的，使人難以預測。南宋陸游（1125年－1210年）在《陸放翁集》中就這樣說：：「文章本天成，妙手偶得之。」[7]講究妙悟的戴復古（1167年－1248年）在《論詩十絕》中也有類似的說法。他說：「詩本無形在窈冥，網羅天

4　蕭統（梁）編，《文選》（台北：藝文印書館，1955年），頁161。

5　嚴可均（清）編，《全上古秦漢三國六朝文》見《全宋文卷三十》，（台北：世界書局，1969年）頁2。

6　葛懋春、蔣俊編選，《梁啟超哲學思想論文選》（北京：北京大學出版社，1984年），頁71。

7　國立編譯館編，《南宋文學批評資料彙編》（台北：成文出版社，1978年），頁210。

地運吟情。有時忽得驚人句，費盡心機做不成。」[8]清
袁枚（1716年－1797年）在《隨園詩話》卷四中藉著
北宋白雲守端禪師（1025年－1072年）的偈語：「蠅
愛尋光紙上鑽，不能透處幾多難。忽然撞著來時路，
始覺平生被眼瞞。」說這「頗合作詩之旨」。[9]他進一
步指出靈感出現的偶然性也包含著它的必然性。這就
猶如飛蠅「突然撞著來時路」般的相似，不過這又是
「尋光紙上鑽」的必然結果。詩人的藝術思維無時無
刻都處在工作的狀態中，不停地觀察與培養文思，最
終它會在醞釀成熟後，因為外界某次的偶然刺激，誘
發想象，觸動了創作的衝動。至於它會在那個時刻爆
發，也許連詩人本身也無法預先知道。

　　第三就是它出現的「剎那」性。靈感停留的時
間是非常短促的，詩人都會十分珍惜這寶貴的「一剎
那」，寫出平時費盡心機都無法完成的詩篇。由於靈

8　同上，頁407。

9　袁枚（清），《隨園詩話》（北京：人民文學出版社，1982
　　年），頁120。

感不會隨詩人的主觀願望而多停留，所以，他們都要
在最短的時間裡，快速地記錄下它的蛛絲馬跡，不然
就會如北宋蘇軾（1037年－1011年）在〈臘日游孤山
訪惠勤惠恩二僧〉中所寫的那樣「作詩火急追亡逋，
情景一失後難摹。」[10]南宋魏慶之（生卒年均不詳）在
《詩人玉屑》中所說的「忽有好詩生眼底，安排句法
已難尋」那樣「望紙興嘆」。[11]清王士禎（1634年－
1711年）在《師友詩傳錄》中所轉載的清蕭亭觀點，
就十分具體地描述了這「剎那」性的特點，蕭亭答有
關問題時說：「當其觸物興懷，情來神會，機栝躍
如，如兔起鶻落，稍縱即逝矣，有先一刻後一刻不能
之妙。」[12]他所謂的「先一刻後一刻不能之妙。」既
是指作家在文學創作時，靈感來之前和走之後，他們

---

[10]　蘇軾（宋），《蘇東坡集》（台北：商務印書館，1939年），
　　　頁34。
[11]　轉引藍華增，《說意境》（雲南：人民出版社，1984年），
　　　頁7。
[12]　王夫之（清）等著，《清詩話》（北京：中華書局，1963
　　　年），頁128。

根本是無法提筆寫作的。

　　1923年3月胡山源（1987年－1988年）與陳德征（生卒年均不詳）等在上海成立了彌灑社，出版《彌灑月刊》，在其出版宗旨時第一次正式提出了「靈感」一詞。他們的宣言是：「無目的無藝術觀不討論不批評而只發表順靈感所創造的文藝作品的月刊。」[13]在這之前，中國古代文論家在討論「靈感」與文學創作的關係時，並沒有統一與共用的詞彙，本文中上述引用的「應感之會」與「興」便是其中的兩個。後來梁啟超提的「煙士彼里純」是音譯自英文的INSPIRATION。

　　白靈這首〈字的尖叫〉中的「字」，可以視為中國古代文論家筆下討論的「靈感」。詩的第一行：

　　　居無定所，字在漂流

---

[13]　趙聰，〈彌灑，淺草，沉鐘〉見《五四文壇泥爪》（台北：時報出版公司，1980年），頁51。

　　短短八個字幾乎就很形象地概括了靈感的所有
特性。它居無定所，來無蹤去無影，出現時的時間很
短，一瞬即逝，並且一直在漂流，令人難以捉摸。詩
的第二與第三行，進一步論述了他的觀點。

　　　通過夜的眼瞼時
　　　被睡夢中我的睫毛夾住了

　　對一個詩人來說，靈感的出現是在偶然中帶著必
然性，需要及時捕捉住，才能留下踪影。有經驗的詩
人都會隨身攜帶筆記本，方便隨時隨地記錄突然出現
的詩思。（現在用手機更方便了。）

　　有時候，詩人寫詩猶如在夢中，夢醒後也不知
道詩是如何寫好的，這就是「先一刻後一刻不能之
妙。」我們眨眼需要的是少過一秒的時間，所以那些
一直在漂流的字被睫毛夾住了，就很形象地詩寫詩人
如何在電光火石之間捕捉住了靈感。

　　詩的最後一行：

數聲尖叫，不明究竟，就詩了

　　禪宗和尚對弟子的提問，往往是不用言語回覆，而是當頭一棒或大喝一聲，讓他們由此突然領悟。這與詩人獲得靈感而寫詩有共通之處。詩中的尖叫未必真的是叫出聲音，我認為是詩人獲得靈感後，猶如受了「字的棒喝」，不明究竟，就詩了。

　　其實，對詩人來說，如何寫詩並不重要，這是文論家的工作，他只要能把詩寫好，寫出一首好詩就夠了，這大概也是白靈這首詩最後一行要表達的意思。

季閒與成碧（2015年）

化蝶的過程
──讀季閒〈深夜趕詩〉與〈作繭〉

　　不少詩人都喜歡以「詩」寫詩，藉著「詩」來
寫自己寫詩過程中的苦與樂，讓讀者可以有機會了
解到詩人不同的寫詩歷程。截句行數不多，用字需
要簡潔與簡練，似乎成為這類型題材最好的一種表現
方式。

　　季閒（1959年－）有兩首截句就與寫詩有關，完
整地表達了詩人寫詩的過程。第一首〈深夜趕詩〉，
原詩如下：

　　　　燈亮起　心情半開
　　　　稿紙白著一張臉
　　　　所有的筆都在沉思，靈感
　　　　卻被夜給黑了

　　詩的畫面是黑白的。燈雖亮起，白色的稿紙，還是被夜給黑了。他在沉思，心情半開，卻苦於沒有靈感。寥寥幾筆就十分形象地刻畫出深夜趕詩，詩思不來的那種苦惱。

　　第二首〈作繭〉，是前一首詩的延續。原詩如下：

　　　蠶吐絲，吐完絲

　　　吐出自己的死

　　　死把絲揉捻成詩

　　　蛹住進詩裡

　　詩人寫詩猶如蠶吐絲（詩），吐完後，自己也「死」了。1967年羅蘭・巴特（法）（1915年－1980年）發表了他最著名的論文〈作者之死〉。他認為任何作者的聲音一經寫成文後，則銷聲匿跡。[1]詩人在苦

1　高雲換、怡茵、薇蓉，〈作者已死：巴特與後現代主義〉刊《網路社會學通訊期刊》第35期，嘉義：南華大學社會學研究

思冥想，獲得靈感，用文字呈現自己的詩想後，就無
需對作品再做任何的詮釋。

從詩的第一與第二行，我們知道季閒是認同這
種說法的，不過他在詩的最後兩行，做了進一步的延
伸，提出自己的看法。

> 死把絲揉捻成詩
> 蛹住進詩裡

詩人真的「死」了嗎？蠶吐的絲是千絲萬縷，詩
人寫詩不也正如此嗎？他把自己的詩思藏在文字裡，
猶如蛹在絲裡，等待有心人一層層去撥開與發現。從
這個角度去理解的話，詩中的「死」具有正面與積極
的意義，蠶吐絲而死是為了要獲得美麗的變身，詩人
之死則是要讓自己的詩想獲得更多方面的解讀。

從「深夜趕詩」到「作繭」寫的正是詩人寫詩時

所出版，2003年12月。

受的折磨[2]，不過，這一切都是要讓自己最終成蛹，
等待化身成蝶那一刻的到來。

---

[2]　寫詩是一種折磨出自林煥彰，《寫詩，折磨自己：林煥彰的
　　異類詩觀・詩論》（台北秀威資訊科技股份公司，2013年7
　　月）。

余境熹（左二）與秀實（左一）、漫漁（右一）、一諾（右二）（2018年）

不如吃茶去
──讀余境熹〈禪〉五首

　　余境熹（1985年─）是個奇才，他誤讀許多詩人的詩，建立起自己獨特的一套誤讀詩學理論。他寫的詩，有些讀起來很「無厘頭」。他告訴我，詩是隨意寫的，不值得細讀。不過，當我讀了他這組〈禪〉詩後，並不認同他對自己詩的看法。

　　這組詩共有五首，原詩如下：

〈禪 0〉

你用過的杯
上面印著一隻鳥

把杯子摔破

聽到鳥的叫聲

〈禪1〉

想撐起同一柄傘
你在雨裡，我仍在簷下

〈禪2〉

將掃把豎起
第幾個月了，仍然

放不下

〈禪3〉

帶著我的法衣
終於無人

裁下我的影子

顯山、露水

〈禪4〉

一粒沙裡見師父

一朵花裡見俗人

你在禪院，我又在簷下

　　在歷史上，禪門有許多著名的「公案」。這些公案都是禪師們開悟過程的個別案例。當弟子修行到某個層次時，師父會以這些公案來問他們，使他們開悟，進一步領悟佛理，這就是所謂的「參公案」。公案往往是不合一般情理的，「參公案」時不能做任何的理性推敲，也不能用常識或知識來推理或解釋。

　　禪宗史上最著名的公案之一「吃茶去」就是一

個很好的例子。有一年，有兩位僧人來到趙州柏林禪寺，向寺內特別受人尊崇的從諗禪師（778年－897年）請教佛法。當他得知其中一人曾來過趙州，另一人則從未來過後，他都對二人說：「吃茶去。」站在一旁的監院聽了滿頭霧水，好奇地問禪師，為什麼來過的與沒來過的都要「吃茶去」？他喊了一聲監院的名字後，同樣對他說「吃茶去」。

　　其實，有否來過趙州與「吃茶去」一點關係都沒有。《金剛經》上說「應無所住而生其心」，簡單說就是不要在某一個念頭或現象上執著不放，那才能產生無我的智慧來處理身邊一切的事物。來過的禪師去而復返，想向他解釋自己來去的理由。沒來過的禪師第一次見到他，想要告訴他這是自己一個奇妙的佛緣。他認為二人產生的這些念頭都是毫無意義的，所以統統要他們「吃茶去」。這原本是一件平凡不過的小事，監院卻把它想得很複雜，因此禪師也要他「吃茶去」。

　　如果我們讀余境熹這組〈禪〉詩，也執著於從理

性的角度去思考詩中的文字，就會像「吃茶去」中的
監院一樣，不但陷入了無謂的煩惱中，而且也無法進
入他寫「禪」的真正目的，實際上他是要藉此提出自
己對截句詩的看法。

〈禪0〉

　　為什麼你「把杯子摔破」會「聽到鳥的叫聲」？
它與杯子上印著一隻鳥有什麼關係？

　　許多人都一直在質疑為什麼截句只能寫四行或少
過四行？蕭蕭（1947年－）就曾如此解釋，他說白靈
（1951年－）不將「截句」與「詩」分割，「截句」
的特殊處只在要求詩句四行（以下），此外與「小
詩」、「閃小詩」，乃至「俳句」、「絕句」、「微
型詩」，對於「詩」的意象、結構、節奏的經營，並
無差異。[1]

---

[1] 　蕭蕭，〈七首截句所浮現的新詩伏流〉見《現代截句詩學研討
　　會會議論文2018年12月8日》，頁5。

　　余境熹這首截句給蕭蕭上述的說法做了最好的註
解，他清楚地告訴我們，只要摔破杯子就能聽到鳥叫
聲，所以我們無須在是不是四行（杯子）糾纏不清，
只要跳出這（杯子）形式，就能聽到美妙的鳥叫聲
（詩人要表達的詩想）。

〈禪1〉

　　為什麼「你在雨裡，我仍在簷下」？你我不是想
撐起同一柄傘嗎？

　　承接著〈禪0〉，余境熹藉此要說的是，你我原
本都是在同一首「截句」裡，不過你一直在想為什麼
摔破杯子會聽到鳥叫聲，它與杯子上印著的一隻鳥
有何關係？正因為你這種毫無意義的思考，最終使得
「你在雨裡，我仍在簷下」。這句話的禪意給了我們
很多思考空間的可能。

〈禪2〉

　　為什麼「將掃把豎起第幾個月了，仍然放不下」？

放不下的究竟是什麼？

　　這是對那些一直在杯子與鳥叫聲之間攢牛角尖的人當頭棒喝。他們就如「吃茶去」裡的監院一樣，把簡單的事情想得複雜了，所以自然是無法了解截句的真諦。

〈禪 3〉

　　為什麼「終於無人／裁下我的影子」，讓我「顯山、露水」？

　　2018年6月我與余境熹在香港見面時，他曾告訴我截句其實像電影正式放映時的預告片，詩人寫截句都會有所保留，讓讀者去想象，這是一個妙喻。他在〈禪 3〉裡則是提出了另外一個有趣的比喻，他說截句像詩（法衣）的「影子」，讓人總是看不清楚，他感到無奈的是，反對它的人一直都無法從影子裡鑽出來，讓它可以「顯山、露水」。這個問題的答案，他一開始在這組禪詩裡就說的很清楚了。

〈禪4〉

　　為什麼是「一粒沙裡見師父／一朵花裡見俗人」？

　　這是他最後要說的，藉著「師父」和「俗人」來比喻那些寫截句的詩人，「截」得好的詩人會讓那些截出來的詩句脫胎換骨，即使是一粒沙也能看見「師父」。否則，就算是給你一朵花，我們看見的也不過是個「俗人」。如果你真能領悟這個道理，你我先前的位置就會互調，變成「你在禪院，我又在簷下」。

　　我們常常都會像「吃茶去」裡那兩位僧人一樣，跳不出自己的念頭。其實，寫詩與讀詩也正是如此，不能有我執，不用做太理性的思考，方可突破文字的障礙，參透詩中的道理，不然就要到一邊「吃茶去」。

【附】
禪與色的不二法
——「誤讀」余境熹截句詩〈禪〉四首

秦量扉

　　據傳余境熹（1985－）曾以英文研論《法句經》（Dhammapada），於香港大學發表，其後該文佚失；曾以中學生的教科書為參考文獻，唬住外籍導師，在禪文化的大學課程裡奪得A+；曾因析論「淨土三經」，與香港的一位著名牧師同屆奪得「黎時煖佛學獎」；由於現在接近目盲，傾心禪宗的「不立文字」，亦贊同寫禪詩應不加修飾的說法。

　　余氏的禪學知識，主要來自蔡志忠（1948－）《漫畫禪說》，其四首以「禪」為名的截句詩則都取材自網上禪宗公案。例如，〈禪1〉的「想撐起同一柄傘／你在雨裡，我仍在檐下」、〈禪4〉的「一粒

沙裡見師父／一朵花裡見俗人／／你在禪院，我又在
檐下」，均見於「自傘自度」，〈禪2〉的「將掃把
豎起／第幾個月了，仍然／／放不下」，乃抄自「雲
岩豎起掃帚」；〈禪3〉的「帶著我的法衣／終於無
人／／裁下我的影子／顯山、露水」，大概採用了某
位法師在山水間脫下名貴法衣的出塵故事。這些資
料，都收在「弘善佛教網」的「禪宗公案」分頁。

　　這四首當然也可作情色詩解。〈禪1〉「想撐
起同一柄傘」一句中，「傘」指的是日本的「相合
傘」，通常看動漫，同學們會笑著鬧著，把相合傘
畫在黑板上，傘柄兩邊則分別寫上戀愛者的名字，
公開他們的關係。〈禪1〉說「你在雨裡 ／ 我仍在檐
下」，意思則是曖昧中的一方有心，另一方其實無
意，二人並不同步；僅僅是單戀的話，想撐起同一柄
相合傘便不可能了。

　　但單戀者的情愫，誰都攔阻不了，就像麥浚龍
（麥允然，1984－）〈念念不忘〉的男生，十年過
去，竟還一直苦戀著夢中情人。〈禪2〉裡，「掃

把」象徵陽具，單戀者的那根塵柄「豎起」來已經好
「幾個月」，卻「仍然／放不下」，總對所愛朝思暮
想，揮之不去，血氣方剛的他，自難免有情慾的湧漲。

　　〈禪3〉比較難解，可能是指單戀的「我」卸去
道德規範，脫下「法衣」，在「無人」的野外「顯
山、露水」，暴露身體，宣洩情慾。他這樣做或許讓
人覺得變態，對「我」而言，裸裎卻已是「裁下影
子」──舒釋求愛不遂的陰暗情緒──的唯一辦法。

　　「放下吧！」被愛著的「你」這樣勸「我」。
「你」的心如止水，波瀾不興，像在「禪院」一般，
說出這話自然容易。把「我」的單戀視為微不足道的
「一粒沙」，「你」表現出佛學「師父」的沉穩莊
重；但另一邊廂，「我」仍時時想著遞給「你」象徵
愛念的「一朵花」，難以割捨，死纏爛打，表現就像
「俗人」了。這是〈禪4〉的內容。

　　遞「花」就俗了？原來「我」的心意如辛牧（楊
志中，1943－）〈情人節〉所非議的：「送你／一
朵花／然後／把花瓣／剝光」，「送花」是為了「剝

光」夢中情人，這樣能不俗嗎？看來只有管管（管運龍，1929－）的〈魚〉能例外。

　　四首〈禪〉終了，單戀的「我」踽踽而行過歲月，結果「又」獨自回到「簷下」。曾「顯山、露水」的他，不知是否仍「見山是山，見水是水」。這裡僅作一點補充：「我」和被戀的「你」都是男生，〈禪1〉的「撐起同一柄傘」早有暗示，而〈禪3〉「裁下影子」，對影子「顯」出的「山」大感興致，所想像的，也是另一具相似的男體。

　　古代日本寺院流行同性交合，有所謂「稚兒」文化；法演禪師（1024－1104）為人說本來面目，曾以豔詩作答：「頻呼小玉元無事，只要檀郎認得聲。」色即是空，空即是色，而佛祖是西天老騷狐。「禪詩」亦作「情色詩」，正是「不二法門」。

　　誰摸得了詩人的頭呢？

　　〈禪1〉

　　想撐起同一柄傘

你在雨裡，我仍在檐下

〈禪2〉

將掃把豎起

第幾個月了，仍然

放不下

〈禪3〉

帶著我的法衣

終於無人

裁下我的影子

顯山、露水

〈禪4〉

一粒沙裡見師父

一朵花裡見俗人

你在禪院，我又在檐下

截句選讀二

一個女人的愛情悲劇
——讀吳慶福〈向日葵〉

　　有些題材，會因為截句「短」的特點而寫得精彩。這就好比一個身材瘦小的人，如果穿上大號的衣服，整個人就會顯得輕飄飄的。所以詩人需要截取得當，才會像裁縫剪裁衣服一樣，貼身而舒適。

　　這是我讀吳慶福（1972年－）〈向日葵〉的感受。原詩如下：

　　　　妳嚮往陽光般的戀愛

　　　　一見面就綻放光芒

　　　　妳是如何被那瘋子禁錮在框架上？

　　　　從此被人傳說妳愛上梵谷不是太陽

　　向日葵終日圍著太陽轉，向著太陽微笑，這是有

科學根據的，但不在本文討論的範圍內。吳慶福捉住
了這個特點看似在寫向日葵，其實是藉此來暗喻一個
女人的愛情悲劇。

　　向日葵是荷蘭著名畫家梵谷（1853年－1890年）
的一副名畫。吳慶福以一個旁觀者的敘事觀點來寫眼
中的「她」，自然是有他的用意。第一和第二行一方
面寫向日葵，一方面也寫她。她就好像一朵向日葵，
嚮往陽光般的愛情，一見到他就會發出光芒。第三
行筆鋒一轉，藉著梵谷作畫，畫作在框架上來暗喻她
為情（太陽）癡狂，心甘情願地受困情網（框架）
中。第四行承接著第三行，讓詩留下了耐人尋味的思
考空間。

　　　　從此被人傳說妳愛上梵谷不是太陽

　　梵谷畫向日葵，向日葵愛的是太陽，不過梵谷卻
把它禁錮在框架上。梵谷、向日葵和太陽形成了一種
複雜的三角關係。向日葵究竟愛的是梵谷還是太陽，

梵谷委身於向日葵，是要向太陽表達自己的一種愛戀嗎？這是我讀這首詩後產生的疑問。

　　我在本文一開始就提到吳慶福選擇用旁觀者的敘事觀點來寫這首截句是別有用意的，而且他還用了第二人稱。我們在讀這首截句時，彷彿感覺到是他與她在對話，愛上她的不是梵谷而是他，他不敢向她表白，只好藉著詩來訴衷情。前面兩行可以有另一種解讀，因為她嚮往陽光般的戀愛，所以只要見到她，他就一定會綻放光芒。但也正如此，她才有機會「如何」被梵谷禁錮在框架上。

　　為什麼吳慶福除了在詩的最後一行流露出惋惜外，沒有把「如何」說清楚，是不是有什麼難言之隱？也許他在潛意識裡，會覺得是自己的懦弱造成這個女人的愛情悲劇，所以對她是欲言又止，留給我們許多種解讀的可能。

杜文賢攝影

周忍星（右一）與一位年輕詩人（左一）（2017年）

莫忘初衷

——讀周忍星〈動人的手術〉之一與之二

　　莫忘初衷，一般的解釋是「不要忘記原來開始發出的心意」。原來開始發出的心意究竟是什麼？有些人可能根本沒想過，也可能完全不在意。在成長的過程中，這最初的「心意」不但會因人而異，也會隨著年齡的增長和境遇的不同而改變。

　　不管是最早立下的還是最後確定的心意才是「初衷」。周忍心（1966年－）〈動人的手術〉之一與之二提醒我們的就是，即使環境是如何的惡劣，我們都要「莫忘初衷」，堅持自己定下的願望，努力去實現。

　　〈動人的手術〉之一，原詩如下：

　　我最欣賞的清晨

　　一顆露珠

　　未破

　　將破之時

　　初衷必須是發自內心，屬於自己真正的一個心意。清晨是一日之始，象徵的意義不言而喻。他說最欣賞的是露珠「未破／將破之時」，這就把「初衷」十分形象地描寫了出來。

　　〈動人的手術〉之二，延伸了之一的詩意。原詩如下：

　　你聽到我心跳雜音

　　接著，聽診器吸出

　　最初的一根

　　顫弦

　　後來，我們都因為生活中不斷出現的雜音，再也聽不見自己最初的聲音。這也就是他把這組詩取名「動人的手術」的原因。

　　截句，短小精悍，規定只能寫四行，不能像長詩那樣的敘述。所以它可以是一把手術刀，直接地剖析人心。周忍星藉著寫詩給自己動手術，進行反思，同時也提醒了我們「莫忘初衷」。

林煥彰（2016）

「冷」的自然與現實意義

——讀林煥璋〈冷，霜降——觀兩岸‧兩岸觀〉

　　這首寫於冬天的詩，收入於林煥彰（1939年—）已經出版的詩畫集《犬犬‧謙謙‧有禮》，詩的副題成為我思索它的主要線索。

　　　今天降霜。
　　　冷，是應該的
　　　不冷，也該冷

　　　我打心底顫抖

20180207

　　氣溫變冷是一種自然現象，不過他卻藉此折射出兩岸目前的關係。

　　今天降霜

　　如果結合副題來讀的話，它隱藏的另一層詩意
是，台灣變天了，兩岸政治的互動關係也隨之改變，
進入「凍結」期（降霜），所以，詩接著這樣寫：

　　冷，是應該的

　　既然是降霜，天氣變冷是必然的。林煥彰卻藉
此暗喻兩岸關係微妙的轉變。從對岸的角度來看，他
們無法接受綠營上台這個事實，所以態度變「冷，是
應該的」。原來給予台灣的許多優惠政策不但馬上取
消，而且還無所不用其極地加以圍堵，使台灣陷入四
面楚歌的困境。

　　不冷，也該冷

　　站在台灣的角度來看對岸這種攻勢，新執政者當然是不可能在壓力下屈服與讓步的，所以，兩岸關係「不冷，也該冷」。

　　我們也可以從另一個角度來解讀這句話。過去的政權傾向於對岸，很得對岸的歡心。在新上台的政府眼中，他們認為舊政權是「賣台集團」，掌握政權後，首要任務就是調整兩岸政策，尤其是對「九二共識」的解讀，所以彼此的關係「不冷，也該冷」。

　　面對這種彼此都逐漸變冷的局勢，林煥彰對未來是憂心忡忡的，他擔心無辜的人民會成為炮火下的犧牲品，他看到兩岸關係就像越來越冷的天氣一樣，完全沒有回暖的可能，這怎不要他心寒呢？所以，詩最後如此結束：

　　我打心底顫抖

　　他留下的不只是無奈，他希望藉此能讓統治者聽見人民真正的聲音。

綜觀全詩，從「降霜」到「冷，是應該的」寫的是一種天氣自然的轉變，也為詩後面的發展做了鋪墊。從「冷，是應該的」到「不冷，也該冷」，這是一個轉折，從自然現象的詩寫巧妙地反映了真實的政治狀況。最後，他不只是因為天氣變冷而身體發抖，也因為執政者罔顧人民的福利，一意孤行，以致演變成今日相持不下的僵局，使他從心底打了個寒顫。

其實，兩岸的恩怨情仇，何止一個「冷」字說的清楚，林煥彰不過是借「冷」說事，向掌權者諫言，希望雙方能有智慧地解決這個歷史問題。

放下的意義
──讀胡淑娟〈籤〉

　　截句規定只能寫一至四行，但只要剪裁得當，就
會猶如貼身的衣服一樣，穿在身上後，能突出身材的
優點。這是我讀胡淑娟截句〈籤〉後的感覺。

　　如果詩人把原本只能寫三、四行的詩寫成十行，
就會猶如穿上過大的衣服一樣，常常會使詩意無法集中
表達，甚至可能會出現散化的句子。白靈（1951年－）
提倡的截句正好是對此下藥。胡淑娟的原詩如下：

　　〈籤〉

　　來到佛前
　　發覺自身一無所求
　　滿足而平靜

　　於是放下了籤

　　由於截句只有短短四行，讀者很快就能讀完，往
往不會做太深入的思考，以致可能會忽略了隱藏在文
字背後的真正詩意。如果我們對胡淑娟這首〈籤〉的
理解能超越文字表面的意思，就會發現它不但是一首
剪裁得當的截句，而且還包含了多層的意思。

　　她在第一行說「來到佛前」，自然是對佛有所求。
為什麼會對佛有所求，應該是有自身無法解決的煩惱。
但是當她來到佛前時，才「發覺自身一無所求」，這
一轉折留給我們很多思考的可能。她在詩的第三和第
四行，給我們留下了線索。

　　滿足而平靜
　　於是放下了籤

　　究竟是因為滿足而平靜，放下了籤，還是放下了
籤後，滿足而平靜，這是詩留給我們另一個思考的問

題。其實，她「放下」的不是籤，詩裡的籤除了是一種向佛問卜求指示的工具外，也可以理解成她終於看破與看淡眼前的一切，吉凶禍福都已不在意，籤語是什麼也不重要，她終於「放下」了，所以是「滿足而平靜」。

為什麼她來到佛前，會突然有了這種「頓悟」呢？這種豁達不是偶然的，是歷經歲月磨練後的一種感悟。當她想祈求外力給予精神上的扶持時，若有所悟，《大方廣佛華嚴經》說，「一切眾生，皆俱如來智慧德相，只因妄想執著，而不征得」，大意是說，我們眾生本來就是佛，只是因為後來有了妄想與執著，而不知道自己本來是佛。求佛其實就是希望能找回恢復自己真心本性的方法，而不是想佛能給什麼，正因為如此，她才「滿足而平靜」，放下了籤。

胡淑娟是不是先有了四行這樣大小的一件衣服，然後才把詩想剪裁來配合它，還是她覺得這四行大小一樣的衣服正好能與她要表達的詩想配搭得天衣無縫。無論是那一種情況，都再再的證明了短小的截

句，用字雖不能多，但並不會限制詩人詩想的發揮。
這看似框框的「四行」，因為行數不多，所以能鼓勵
更多庶民寫詩。對那些已經能寫詩的詩人來說，四行
不會是一種寫詩的障礙，反而是能讓她的詩想能從中
破繭而出，讓我們有無限思考的可能。

發現日常用品中隱藏的人生道理
——讀若爾・諾爾五首截句

　　其實，截句就是小詩。截句中的「截」，一方面指的是它可以截取舊作中任何的四行成一首新作。另一方面指的是它可以截取生活中的某個片段來寫詩。雖然讀者看見的可能只是「冰山一角」，不過卻是足以讓我們去深思那沒說或未說完的道理。

　　若爾・諾爾則是更進一步截取日常生活用品的特點，來引導我們去發現那隱藏著的人生道理。因為只能寫四行，很多時候她都是「點到為止」，讓我們自己再做深入的思考。

　　這一系列若爾・諾爾以「生活用品與品牌」寫的截句有一個共同的特點，前面兩行或三行是用品的描述，第四行則是她根據先前的描述做的引申，帶出她所聯想到的人生道理。

我選出其中的五首[1]來說明她的寫法：

1吉列鋒速

五把刀為你淨身
磨亮光滑的下巴
才釋放唇齒潛在的魅力
殊不知那是笑裡藏刀

　　吉利（Gillette）剃鬚刀是很多男人每個清晨醒來
後的必須用品，詩的第一和第二行就把需要的原因寫
的很清楚。第三與第四行則是若爾進一步作的引申，
原來有些人磨亮了光滑的下巴後，釋放出來的唇齒魅
力是「笑裡藏刀」。這在職場上早已經是司空見慣，
她要提醒大家的是千萬不要以貌取人，尤其要小心那
些無處不在的「笑面虎」。

---

[1]　這五首截句選自卡夫編選，《新華截句選》（台北：秀威資訊
　　科技股份有限公司，2018年），頁84–100。

2英特爾

你知道我在裡面
但你不知道我是內奸
也看不到我用什麼武器
坦蕩地侵佔你的人生

　　英特爾（Intel）成立於1968年，是美國一家主要以研製CPU（中央處理器Central Processing Unit）的公司，它也是全球最大的個人電腦零件和CPU製造商。CPU是一台電腦的運算核心和控制核心。電腦已成為我們日常生活和工作中不可缺少的工具，所以若爾在詩中說英特爾是我們看不見的「內奸」，許多個人的資訊都由此洩漏出去，可是我們不能沒有他，這是我們的無奈。

3蘋果手機

如果巫婆來到新時代
肯定會喜歡這蘋果
不毒死肉體
只死纏慾望之心

蘋果手機（IPhone）是一款極受人歡迎的智能手機。若爾因為它叫「蘋果」而聯想到童話故事《白雪公主》裡的老巫婆。老巫婆的蘋果是要用來毒死美麗善良的白雪公主。今天的蘋果則不是要毒死人，而是要死纏住人們的欲望之心，他們才能有機會繼續保持高度的銷售量。她由此作的引申不但十分貼切，而且也一針見血地指出了人們都被手機製造商矇蔽而不察覺的這個社會問題。

4谷歌PK百度

快游來谷兄統治的汪洋
一覽天下，不厭倦辨識和澄清
雛形、成形或變化形思維。
自由拿捏深廣，小百豈能媲美？

　　谷歌（Google）是世界上很多人都在使用的瀏覽器，唯獨中國拒絕它的進入。他們要求谷歌針對很多不想讓人知道真相的問題與資訊設定「敏感」詞，使網民無法搜索到所有相關的答案。當谷歌堅持不讓步時，他們就設立了自己能控制與左右的百度瀏覽器。若爾在第四行寫的「自由拿捏深廣，小百豈能媲美？」就是直接地打臉中國，指出後者無論如何都是無法與前者比美的。

　　5安全套

坦然做一個第三者
跟每一對情侶一起交歡

收集他的精子，不讓她
帶球扣住男人的寶

　　安全套可以算是世界上一個很偉大的發明。若爾
覺得它是男女做愛時的第三者，讓許多貪歡的男人沒
有了後顧之憂。這是寫給女人看的一首截句，她希望
姐妹們能懂得她用心良苦。
　　若爾寫的這些截句無疑是豐富了截句的內容，讓
截句的書寫有了更多的可能。

「字」的邂逅
——讀無花〈意外〉與卡夫〈其實·不難〉

　　詩，是意象的文字。文字，組成了意象，表達了詩人的詩想。通過「詩」來寫自己寫詩的心得，分享對詩的看法是詩人喜歡寫的題材之一。短小、精簡的截句，便是一種用來寫「詩」最好的表現方式。

　　無花寫的〈意外〉和卡夫（1960年－）寫的〈其實·不難〉在形式上神似：兩首詩都只有兩行，詩的主角都是「字」。原詩如下：

　　無花〈意外〉

　　他撞倒一堆碎字
　　詩，比他更快站起來

卡夫〈其實・不難〉

字淨空後
躺哪裡都是詩

　　他們二人都不約而同地把寫詩的過程先後寫了出來。

　　當詩人的情感累積到某個飽和點時，往往會因為外界的某件事、某個人或某個景的觸動而產生了一種創作衝動。靈感就猶如是一根點燃詩人情感火藥庫的火柴。至於詩人什麼時候會與靈感邂逅，這純屬「意外」。因為靈感來去如風，無影無蹤，難以捉摸，也不是人為可以控制的。不過，當它來的時候，詩人就會如有神助，進入一種自己也無法想像的境界，寫出了平時可能也無法寫好的詩句。這就是無花筆下寫的「意外」，詩比他更快站起來。

　　卡夫寫的〈其實・不難〉則是從另外一個角度提出了他的看法。無花說他撞倒一堆碎字，卡夫說字倒

下後，站或不站起來都不重要，只要字能淨空，躺哪裡都是詩。

　　「淨空」指的是詩裡完全沒字，空白一片。當靈感觸及心靈時，因為沒有字的負擔，自然就水到渠成，躺哪裡都可以是詩。

　　至於與字的碰撞真的是一場「意外」嗎？躺哪裡都是詩，真的是「不難」嗎？他們二人都不再細說，給讀詩的人留下思考的空間。

葉莎（2016）

「栽種」與「殺害」的理由
——讀葉莎〈春之截句——理由〉

　　2018年葉莎（1959年－）為了配合facebook詩論壇與聯合報副刊主辦的「春之截句」限時徵稿，寫了這首〈春之截句——理由〉，原詩如下：

　　　　你不要問我
　　　　栽種的是意象還是花樹
　　　　為了寫詩
　　　　我曾經殺害太多的字句

　　她在詩裡以自問自答的方式與我們分享了自己寫詩的一些經驗。「栽種」與「殺害」，一生一死，看似對立，其實卻是她寫詩的竅門。

　　詩以疑問句開始，在你眼中看見的花樹就是她要

栽種的意象。意象就像花樹般繽紛燦爛，絢麗多彩。
要如何栽種花樹呢？每日都必須要勤勞地施肥、除蟲
與澆水。要如何栽種意象呢？每日都必須要勤勞地讀
書、觀察與思考。最後花樹自然會長大成林，可用的
意象也就會越來越豐富。

　　「栽種」意象是寫詩的準備工作，詩人可以從閱
讀中獲得啟發，從觀察中獲得想象，再從思考中進一
步提升自己創造意象的能力。可是這並不足夠，她還
需要懂得如何「殺害」字句，即是要刪除詩中沒有必
要的、多餘的贅句，讓詩變得更簡練與簡潔。這也正
是白靈（1951年－）倡議寫截句的其中一個原因。

　　為什麼葉莎要在春天栽種花樹？她的「理由」
就是希望來年它們能開花結果，讓這個世界變得更美
好。為什麼她要栽種意象，同時又要殺害字句，她的
「理由」就是希望能在詩中有更多自己專屬的意象
外，還能把詩修身得更好。其實，這首詩還隱藏著另
一個強烈的信息，就是希望我們都能響應白靈的號

召，與她一起來栽種意象，殺害文句，讓截句能像春
天開遍大地的花朵一樣處處盛開。

漫漁（2018）

給男人上寶貴的一課
──讀漫漁〈水做的〉

　　「女兒是水作的骨肉，男人是泥作的骨肉。」這是清代小說家曹雪芹（1715年－1763年）在他的名著《紅樓夢》第二回裡藉著賈寶玉的口說的。

　　一般人認為女人是水做的，原因不外是女人天性溫柔，女人柔情似水，女人愛哭。美麗的女人也被形容為水靈靈。漫漁這首詩〈水做的〉，就把女人與水的這層關係寫得淋漓盡致。原詩如下：

　　　　女人在體內鑿井

　　　　讓愛情泉湧

　　　　男人在井底打撈

　　　　淘出許多淚

　　前面兩行寫的是戀愛中的女人，矜持的女人一旦
把心扉打開後，情感就會猶如鑿開的井水，泉湧而出。

　　後面兩行就頗令人費解。我的理解是不解風情的
男人，辜負了對他情有獨鍾的女人後，傷心欲絕的女
人終日會以淚洗臉。

　　女人是水作的，對待愛情是似水的溫柔，這是很
多男人無法了解的，自然也不會去珍惜。所以當她們
一旦失戀後，男人更是難以明白為什麼里外都是淚。

　　漫漁寫這首截句詩，可能就是想讓天下的男人都
明白這個道理。

劉正偉（2016）

「截」句的真正意義
——讀劉正偉〈小三〉

　　截句，從形式上看，可以是「截」取舊作中的四行，自成一首新作。為什麼只能截取四行呢？這與四行小詩究竟有何差別？這是一個爭論不休的問題。我以為截句真正的意義不在於是不是只能截取四行，這不過是為了統一截句寫作的一個標準。

　　對詩人來說，截句的精神應該是截取生活中某個具有代表性的片段來寫詩。它也許是冰山一角，但是我們卻能由此延伸想像，各自解讀，增加讀詩的樂趣。

　　劉正偉（1967年－）寫的〈小三〉就與一般的截句不同。他寫的是時下一個很熱門的話題。這首詩有故事，又有畫面，他截取了故事中最震撼人的一個情節來寫，讀者可以從他在詩中留下的線索去找出它的

前因後果。

　　原詩如下：

　　　　救護車警笛由遠而近，又匆匆離去
　　　　聽說，那個名聞社區的女人
　　　　將她的心事從十二樓拋下
　　　　墜落的速度，流言怎麼也趕不上

　　一個名女人自殺了，牽出了一段緋聞。「小三」是一個敏感詞，她是因為家中的男人有了小三被遺棄而自殺，還是她本身就是一個小三，因為受不住旁人的指指點點而決定自尋短見。這是她的「心事」，劉正偉沒在詩中交代，任何讀者都可以自由去聯想。不過，這並不重要，重要的就在詩第四行：

　　　　墜落的速度，流言怎麼也趕不上

　　流言本來就很可怕，民國時期的明星阮玲玉

（1910年－1936年）25歲服毒自殺時就留下了四個字：「人言可畏」。現在詩中的她，跳樓時，墜落的速度，流言卻怎麼也趕不上，我們由此可以感受到她決心的求死。劉正偉換了一個角度，從反面來說明流言是如何的把人給逼死了。

　　如果把這題材寫成小說一定會很暢銷，可以滿足不少人的偷窺慾望。詩雖然只截取其中這一小片段，卻是故事中的高潮，足以製造很多的話題。這樣的寫法，就是我理想中的「截」句。

讀詩的多種可能
——讀賴文誠〈在火車上〉

　　截句，只能寫四行，自然無法像長詩那樣長篇敘述，也無法容納太多的詩想，不過，這並不會影響它留給讀者多種思考的可能。賴文誠（1970年－）的〈在火車上〉就是一個最好的例子。原詩如下：

> 不知道你們在哪一個關卡
> 或者在哪一個網頁下車
> 你們乘坐著手機
> 我站在車窗外的風景裡

　　他在火車上，看見乘客們都低頭專心一致地滑手機，這可能是他寫這首詩的緣由。

　　手機改變了我們的生活方式，「機奴」處處可

見，人們幾乎已到了一日不可無機的地步。在長途的旅程裡，手機也取代了書本雜誌，成為人們最好的良伴，無人可以倖免。不過，賴文誠卻是一個例外⋯⋯

我的第一種解讀是：

雖然車窗外風景如畫，乘客們的眼睛卻是在藍光裡流連忘返，甚至因為捨不得離開網頁而忘了在哪個關卡下車。詩的第三行：

你們乘坐著手機

這看似荒謬的詩寫，其實是他一個小小的諷刺。他是火車上唯一的例外，他彷彿置身窗外風景裡，默默地注視著這一切。

我的二種解讀是：

身旁的友人雖與他一起坐在火車上，不過始終卻是把注意力放在藍光裡，對他不理不睬的，讓他獨自留在窗外的風景裡。

我的第三種解讀是一種延伸的誤讀：

　　手機已經是我們生活中最重要的一部分。賴文誠藉著「在火車上」暗喻世人皆在手機裡走完人生之路，他們至死才會在某個網頁下車，而他始終都是站在天地的風景裡。

　　藍光外的風景是如此的美麗迷人，我們何必成為低頭族，為什麼不抬頭看看這美好的世界，這是我對這首詩最後的理解。

龍妍（2016）

沒有想你
──讀龍妍〈回憶的餌〉

　　截句，可以是截取舊作中的四行，自成一首新作。

　　四行，不過只是一種形式。截句真正的精神應該是截取生活中的片斷成詩，它可能是不完整的，不過卻能提供讀者一個延伸讀詩的入口，讓讀詩更有樂趣。

　　這是我讀龍妍〈回憶的餌〉獲得的感受。原詩如下：

　　　　我將時間捲成軸

　　　　綁起所有的問號垂釣

　　　　上勾的回憶

　　　　沒有想你的餌

　　詩中的「時間」與「回憶」和「垂釣」與「餌」各有相互的關係，「時間」與「垂釣」和「回憶」與「餌」也可以交錯形成關係。龍妍通過一個個「問號」把它們串起來，最終真正要說的是「沒有想你」，請你不要對號入座，也不要自作多情。

　　當時間成為過去，自然是變成回憶。人是有感情的，所以回憶是必然的。不過，回憶未必是因為人的因素，也未必會由此想起人，它可以是很多不同的原因使人回到過去。究竟是什麼原因？龍妍巧妙地以「？」作為答案。「？」很形象，就像一個鉤。她直截了當地說，她的回憶不是因為想你。是否真的不是因為想你而有了回憶，「？」很耐人尋味，使我們讀詩有了很多詩想的可能。

　　為什麼龍妍要在詩中此地無銀三百兩地說：

　　　　上勾的回憶

　　　　沒有想你的餌

　　既然是沒有想你的餌，卻能勾起「與你有關」的回憶，龍妍是在無意間流露出自己的矛盾心態，還是暗喻自己「願者上鉤」？由於她只截取感情生活中的這一段來寫詩，我們讀詩時只好各憑想像，各自解讀了。

靈歌（2016）

「家」的感覺
——讀靈歌〈融化〉

　　截句，只能寫四行，這對詩人是一種挑戰，要表達的詩意往往只能點到為止，不能像長詩那樣暢所欲言。不過，一首好的截句卻是能突破這行數的限制，欲言又止，給人留下許多可以延伸閱讀的空間。

　　靈歌（1951年－）寫的〈融化〉正好能證明截句這一特點。

　　原詩如下：

　　　自風雪中長途跋涉而返
　　　推門而入
　　　孤燈外一無所有的寒舍
　　　沒有冷意

　　「家」是這首截句詩隱藏的主題。門外漫天風雪，門內一無所有，只有一盞孤燈，長途跋涉，帶著風雪歸來的旅人，推門而入後，卻沒有絲毫的寒意。家的溫暖「融化」了他身上的冰雪，一路的寒冷。

　　「融化」這篇名取得好，有畫龍點睛之妙，讓「家」的意象呼之欲出。為什麼靈歌要特別強調「一無所有」的家呢？這個家未必真的是家徒四壁，他這樣寫是要突出一個充滿溫馨的家對我們是何等的重要。即使只有一盞孤燈（生活不富裕），我們在外面對的所有風風雨雨，都能在回到家後，瞬間感到溫暖。

　　靈歌退休前，因為在對岸有生意，常常都要在海峽兩邊奔走，這首截句詩可能是他潛意識裡的一個寫照，我們可以把隱藏在詩裡的家理解成「國」，儘管這個「家」有多不好，或者有一天它真的會在風雨中變成一無所有，但它還是一個讓他感到溫馨的家，這也許是他寫這首詩的真正目的。

「花」的一生
——一首截句的延伸

　　截句規定只能寫四行，許多要說的話常常是欲言又止，正因為如此，一首好的截句留給人的想像空間，卻可能是創作者當初也始料未及的。

　　截句「截」取的可能是詩人原來詩想的一小部分，詩裡沒說出來的會激起其他詩人思想的火花，他們會根據自己對詩的解讀，把它延伸成另一首新的截句。其他詩人讀完後，又可能再把它延伸成另一首更新的截句。最後我們會發現詩人的接力寫詩，不但豐富了原來截句的內容，也讓它有了更多思考的可能。

　　不久前，靈歌（1951年－）在野薑花雅集平台上貼的一首截句就印證了這一點。原詩如下；

　　花，開自平庸

不曾窺探泥中的究竟

也從不顧盼

左右

　　　　　　——〈自開謝〉╱靈歌

　　詩前兩行寫「花」的前世，花雖是豔麗燦爛，卻
是源自平庸的泥土。後兩行寫「花」的今生，詮釋了
詩題「自開謝」。花雖是絢麗奪目，卻從「不顧盼左
右」，來尋找他人的注意，也「不窺探泥中究竟」，
即使化泥是最後的歸宿，她還是努力地做好自己，
開花時就盡情開花，花謝時就隨其自然，並不強求
什麼。

　　古人說「詩言志」（見《尚書‧堯典》），大
意是說，詩人寫詩是要來表達自己的意向或決心。靈
歌藉著寫「花」，大概也是有此意思。他說「平凡人
生，無需在意出身貧富或聰明才智與笨拙，花自開，
平庸或稀世，花期長短，終究會謝而化泥，所以，也
無需在意他人比自己嬌豔富麗。人生，自在就好，自

在自得才擁有快樂人生。」[1]

　　靈歌的〈自開謝〉一共有五位詩人雅和，我按照順序讀完後，發現五首截句其實可以變成一個組詩，五位詩人分別從不同的角度切入，卻意外地寫了「花」的一生。（每首截句的小標題是筆者自加）

　　一 序曲

　　花，開自平庸
　　不曾窺探泥中的究竟
　　也從不顧盼
　　左右

　　　　　　　　　　──〈自開謝〉／靈歌

　　花，自述一生。她知道今生的美麗來自平庸的泥土，所以不會搔首弄姿，招蜂引蝶，也不在意出身，

―――――――――――――――――
[1]　引文見2019年2月5日，臉書野薑花雅集李瘦馬〈和靈歌的自開謝〉。

只要能自在地活著就好。

　　二 回首

　　自平庸
　　開花
　　然後沒有聲息
　　謝謝這泥土

　　　　　　——〈和靈歌的自開謝〉／李瘦馬

　　花開之後，不忘初衷，感恩這土地。我們除了
要「自開謝」，活得自在外，還要記得感恩，飲水思
源。李瘦馬進一步豐富了這首截句的內涵。

　　三 漸老

　　聽
　　一朵白色的花

在泥地上，謝了
春天

　　　　　　——〈和春泥〉／寧靜海
　　　　　雅和靈歌、李瘦馬的自開謝

　　無論花是多麼的美麗，花期過後，必然都會開始
衰老。這是生命的一種循環，無需悲傷。

　　四 掙扎

　　向花
　　討回一株初春

　　堅石在蕊中，謝了
　　化泥

　　　　　　——〈春泥和春泥〉／無花
　　　　　雅和寧靜海〈春泥和春泥〉

花希望能與「不能對抗」的時光對抗，要討回初春，但是，堅石也最終也會化泥，這是無法改變的輪迴。

五 結束

春天，謝了
一朵花

花與花之間，泥土等待
平庸地
　　　　——〈週期〉／漫漁雅和靈歌、馬馬、
　　　　　　阿海、花花的「謝了」系列

從哪裡來就要回到哪裡去，美麗最終會回歸到平庸。我原本以為漫漁為這首截句劃上了一個最完美的句號，意外的是胡淑娟寫的另一首截句，改變了整組截句詩的詩想，賦予「花」新的希望。

六 新生

謝了的春泥閉著眼睛
撿到一枚未爆彈
砰的一聲
花開了
　　　——〈花苞〉／胡淑娟雅和靈歌、馬馬、
　　　　　阿海、花花、漫漁「謝了」系列

　　讀了這首截句，我們可以感受到胡淑娟肯定是受
到上述五首截句的啟發，而詩寫了這首截句。我彷彿
也看到她把自己的人生經歷投射在詩裡。

　　砰的一聲
　　花開了

這是多麼激動人心的詩句。

　　由此可見，截句可以「生出」截句，新生的截句
也可能會豐富原來的截句，它會隨著不同詩人自身的
生活經驗而有了不同的解讀和詩寫。這就是截句的魅
力之一，也可能是大力提倡截句詩寫的白靈當初未曾
想過的一種意外的收穫。

蕭蕭（2016）

我攝住了千分之一秒那一秒震懾
——讀蕭蕭〈關於截句答友人問　其一〉
與〈關於截句答友人問　其二〉

　　白靈（1951年－）認為截句最多只能寫四行，可以截取舊作，也可以新創。這些年來他不遺餘力地推廣小詩，希望能有所突破，所以他把新創的一至四行小詩歸入「截句」的一部分。這是一個很大膽的倡議，看起來沒有任何的美學根據，與原來一至四行小詩究竟又有什麼不同？正因為如此，引來了許多質疑的聲音，最受非議的就是，既然一至四行是小詩，為什麼還要另立一個奇怪的名稱，二者之間到底有什麼差別？不過，對於截句「截取舊作」的解釋就似乎沒有任何人反對。

　　無獨有偶的是，臉書詩論壇也開始有詩人以截句的方式，針對截句與小詩的屬性問題表達己見，此

定義之爭大概也不是三言兩語就能解釋清楚。蕭蕭
（1947年－）是截句的一個重要實驗者，此爭論必然
使他深思。他不在截句的形式上（是不是只能寫四
行）爭辯，他想得更深與更遠，藉著「關於截句答
友人問」其一與其二，從兩個層面論述了他對截句的
看法。

〈關於截句答友人問　其一〉

在凍頂山喝了一杯烏龍
那一天，你記得陶瓷的手感
還是茶的回甘滋味？
雙唇抿了抿，頻頻嘖嘖兩三回

20180315

　　喝茶時是茶器的外觀重要還是茶湯的味道重要？
精緻的茶器當然能增加喝茶的情趣，但最重要的還
是喝入口中那種味道與感覺。他提出了一個很好的比

喻，喝完茶後，人們是記得茶的味道還是茶杯的手感，讀詩不也正應該如此嗎？

　　茶湯是內容，茶器是形式。蕭蕭藉此要引申的是，只要是好詩，三行、四行或者六行都不重要，因為形式是為內容服務，順手就好，內容需要順心，我們何必糾纏在截句是不是只能寫四行。幾千年前莊子說的「得魚忘筌」告訴我們的就是這個道理。

　　第四行的「嘖嘖」，既是飲茶時咂嘴的擬聲詞，也有稱奇、稱讚的意思。頻頻嘖嘖，可以理解成蕭蕭一邊沈吟反覆思考，一邊不停地稱讚。

　　白靈對此做了另一種延伸的解讀，他認為好茶不在大杯，小杯即足嘖嘖稱奇，金言不在多語，一二句即可醒人，蕭蕭二詩之意也。

　　　〈關於截句答友人問　其二〉

　　　你說過的許多聖哲言語行過的
　　　許多歷史縫隙　留下的許多爭辯口舌

抓不住煙雲了

好在我攝住了千分之一秒那一秒震慴

20180315

　　蕭蕭承接答友人問其一，提醒友人，既然我們都知道茶湯重要，所以「何必」去爭辯茶器的外形與大小，古今中外許多聖哲的許多口舌之爭到最後都是雲煙，有誰能抓住雲煙呢？

　　好在我攝住了千分之一秒那一秒震慴

　　我認為，生命不過是一首詩的長度。蕭蕭在這裡則進一步以「時間」來計算這首詩的長度。人生是一個漫長的敘述（詩寫）過程，有誰能將一生完整攝錄（有誰能以一首詩寫完一生）？答案是不能。那就攝下那千分之一秒的那一秒吧！那一秒就是「截句」。換一句話說，從生命（詩）的意義上來看，截句就是

截取人生中值得詩寫的或突出的一小部分來成詩，
它未必需要完整，但寫得「好」的截句必然是能引人
思考生命中許多問題的一個入口。這才是截句的真正
意義。

蕭蕭截句說

白靈截句說

【跋】
讓截句說「截」句

　　　　　　　　　　　　　　　　　卡夫

一

　　《截句選讀二》是《截句選讀》的續編，不過二者在編選或內容方面有很大的不同。

　　《截句選讀二》十七篇選讀中，讀十九位詩人的三十四首作品。

　　一、選讀以原作者名字的筆劃來排序。

　　二、十九位詩人中，六位是女詩人。

　　三、台灣詩人占了十五位，其他兩位分別來自香港和馬來西亞，另外兩位則來自新加坡。

四、大多數的詩人都寫過不少的截句，只有少部
　　分的是第一次寫截句。

五、有些選讀以同一位詩人的不同作品做比較
　　試讀，或者是以不同詩人類似的題材做比較
　　試讀。

六、大多數的詩人都是我認識的，並且也很熟悉
　　他們寫的截句。其中的十一位詩人還附上我
　　給他們拍的照片。

二

　　截句，似乎從一開始就被人質疑，爭論的話題也
從未停過。自從我出版第一本截句詩選後，我也一直
在思考這個問題，然後漸漸形成了自己的觀點。

　　讓截句說「截」句是對截句最好的一種解讀。被
我選來試讀的作品一般上都能表現出截句的特色，我
嘗試通過試讀這些作品來表達自己對截句的看法。

　　在推廣截句詩寫的過程中，白靈（1951年－）和

蕭蕭（1947年－）是兩位重要的推手，除了理論的建立外，他們還不停地詩寫截句，給我們做了很多很好的示範。尤其白靈，他更是寫了不少的「截句」，形象地向我們解釋了什麼是截句。後來他進一步通過截句來表達他對詩創作的一些問題，我試讀他這首〈字在尖叫〉談的就是靈感和詩創作的關係。我也藉著對它的解讀提出自己的靈感說。

　　蕭蕭〈關於截句答友人問 其一〉與〈關於截句答友人問 其二〉影響了我對截句的看法。他藉著喝茶時，茶杯和茶湯的關係來解釋截句四行以內的形式和內容的關係，重新賦予它新的內涵。

　　有趣的是，除了白靈外，不少詩人都喜歡以截句來談自己對創作的看法。比如季閒（1959年－）的〈深夜趕詩〉與〈作繭〉、葉莎的〈春之截句──理由〉、無花的〈意外〉與卡夫（1960年－）的〈其實‧不難〉等。還有一些則是從不同的角度來解讀截句的不同特點，比如胡淑娟的〈籤〉、劉正偉的〈小三〉與賴文誠的〈在火車上〉等。

三

　　2019年2月17日蕭蕭和白靈曾經為了《新華截句選》在新加坡草根書室舉行的新書發布會預錄了兩段視頻，他們在視頻中分別以生動的意象解釋了什麼是截句。我也把他們收錄在書裡，你只要用手機掃描一下附上的二維碼，就能看與聽見他們的影像和聲音。

　　此外，我還要感謝劉正偉，他除了不斷地在我讀詩與寫詩評的道路上指點我，還在繁忙的詩生活裡，再次給我的截句選讀寫了精彩的序，我會銘記在心，繼續寫詩、讀詩與評詩，不會辜負他的期望。

　　最後，我很感激您此刻願意翻開這本小書，並希望能通過對這三十四首截句的解讀，讓您瞭解我的截句觀。

　　祝願您閱讀愉快！

　　　　　　　　　　卡夫　2019年2月26日十一點十一分

語言文學類　截句詩系35　PG2209

截句選讀二

作　　　者／卡　夫
責任編輯／鄭夏華
圖文排版／周妤靜
封面原創設計／許水富
封面設計／蔡瑋筠

發　行　人／宋政坤
法律顧問／毛國樑　律師
出版發行／秀威資訊科技股份有限公司
　　　　　114台北市內湖區瑞光路76巷65號1樓
　　　　　電話：+886-2-2796-3638　傳真：+886-2-2796-1377
　　　　　http://www.showwe.com.tw
劃撥帳號／19563868　戶名：秀威資訊科技股份有限公司
　　　　　讀者服務信箱：service@showwe.com.tw
展售門市／國家書店（松江門市）
　　　　　104台北市中山區松江路209號1樓
　　　　　電話：+886-2-2518-0207　傳真：+886-2-2518-0778
網路訂購／秀威網路書店：https://store.showwe.tw
　　　　　國家網路書店：https://www.govbooks.com.tw

2019年4月　BOD一版
定價：350元
版權所有　翻印必究
本書如有缺頁、破損或裝訂錯誤，請寄回更換

Copyright©2019 by Showwe Information Co., Ltd.
Printed in Taiwan
All Rights Reserved

國家圖書館出版品預行編目

截句選讀. 二 / 卡夫著. -- 一版. -- 臺北市：秀
威資訊科技, 2019.04
　　面；　公分. -- (語言文學類)(截句詩系；
35)
　BOD版
　ISBN 978-986-326-674-7(平裝)

851.486　　　　　　　　　　　108003574

讀者回函卡

感謝您購買本書，為提升服務品質，請填妥以下資料，將讀者回函卡直接寄回或傳真本公司，收到您的寶貴意見後，我們會收藏記錄及檢討，謝謝！
如您需要了解本公司最新出版書目、購書優惠或企劃活動，歡迎您上網查詢或下載相關資料：http:// www.showwe.com.tw

您購買的書名：_____

出生日期：_____年_____月_____日

學歷：□高中 (含) 以下　　□大專　　□研究所 (含) 以上

職業：□製造業　□金融業　□資訊業　□軍警　□傳播業　□自由業
　　　□服務業　□公務員　□教職　　□學生　□家管　　□其它____

購書地點：□網路書店　□實體書店　□書展　□郵購　□贈閱　□其他

您從何得知本書的消息？

　□網路書店　□實體書店　□網路搜尋　□電子報　□書訊　□雜誌

　□傳播媒體　□親友推薦　□網站推薦　□部落格　□其他_____

您對本書的評價：(請填代號　1.非常滿意　2.滿意　3.尚可　4.再改進)

　封面設計____　版面編排____　內容____　文／譯筆____　價格____

讀完書後您覺得：

　□很有收穫　□有收穫　□收穫不多　□沒收穫

對我們的建議：_____

_____

_____

_____

請貼
郵票

11466
台北市內湖區瑞光路 76 巷 65 號 1 樓

秀威資訊科技股份有限公司　　　收

BOD 數位出版事業部

··

（請沿線對折寄回，謝謝！）

姓　　名：＿＿＿＿＿＿＿＿　年齡：＿＿＿＿　性別：□女　□男

郵遞區號：□□□□□

地　　址：＿＿＿＿＿＿＿＿＿＿＿＿＿＿＿＿＿＿

聯絡電話：(日)＿＿＿＿＿＿＿＿　(夜)＿＿＿＿＿＿＿＿

E-mail：＿＿＿＿＿＿＿＿＿＿＿＿＿＿＿＿＿＿＿